AF346339

CATALOGUE

de la

Vente après Décès

de M. de T...

TABLEAUX,
MEUBLES, ARGENTERIES
& OBJETS D'ART ANCIENS

qui se fera Boulevard de Versailles, 102,

à SAINT-CLOUD

MEUBLES DES ÉPOQUES

Louis XIII, Louis XIV, Louis XV & Louis XVI

ET

MEUBLES DE STYLE

Tapisserie des Flandres du XVIIIᶜ Siècle

SIÈGES des XIVᶜ et XVᶜ Siècles

Dentelles anciennes de Malines, Points d'Angleterre, de Venise, Chantilly, etc.

Bronzes, Porcelaines de Saxe, de Sèvres et de Chine, Eventails Louis XIII, Louis XV, Louis XVI.

Argenteries.

Etoffes & Soieries des XIIIᶜ, XIVᶜ et XVᶜ Siècles.

Miniatures de Boucharedy, de Mouchet, etc.

Tableaux, Gouaches, Dessins et Aquarelles des Maîtres des XVIᶜ, XVIIᶜ, XVIIIᶜ et XIXᶜ Siècles.

DONT LA VENTE PUBLIQUE AURA LIEU

102, Boulevard de Versailles, à SAINT=CLOUD

les Dimanche 19, Lundi 20 et Mardi 21 Janvier 1908

à 2 heures très précises

et Jours suivants s'il y a lieu

par le Ministère de	Assisté de
Mᵉ Pierre NICOLLE	**Mʳ BILLEN**
Greffier de la Justice de Paix	Expert
du Canton de Sèvres	14, rue Mayet, Paris

Exposition particulière : Le Vendredi 17 Janvier 1908, de 2 h. à 6 h.
Exposition publique : Le Samedi 18 Janvier 1908, de 2 à 6 h.

CONDITIONS DE LA VENTE :

Elle sera au comptant.

Les acquéreurs payeront 10 0/0 en sus du prix d'adjudication.

L'ordre numérique du Catalogue ne sera pas suivi pour les Adjudications.

AMEUBLEMENTS

1 MOBILIER DE SALLE A MANGER de style Empire, comprenant : **1** meuble à hauteur d'appui argentier, **1** servante, **2** consoles appliques demi-lune, **1 table** à nombreuses rallonges et 8 fauteuils, le tout en ameublement bois d'acajou agrémenté de riches garnitures de bronze doré ; les marbres brèche (ameublement très important).

2 3 DESSUS DE PORTE en bois sculpté époque Louis XIV, coquille, guirlande et rinceaux.

3 3 dessus de porte bois sculpté peint , époque Louis XVI.

4 Petite table rectangulaire **3** tiroirs, garniture de bronze, dessus de marbre, époque Louis XV.

5 1 petite table marqueterie **3** tiroirs, le premier formant bureau, époque fin Louis XV.

6 1 bergère époque Louis XVI (petits pieds),coussins de peau soie rayée bleu et blanc, fleurs et oiseaux de même époque.

7 1 fauteuil époque Louis XVI, médaillon velours de laine jaune.

8 1 fauteuil bergère, époque Louis XVI, signé de
Jacob.

9 4 chaises à lyre, époque Louis XVI.

10 1 fauteuil très finement sculpté, époque Louis XVI,
signé P. Brizard.

11 1 canapé, époque Louis XVI, restauré et redoré,
garniture moderne.

12 1 table ronde pliante sur pied cannelé, dessus de
marbre, galerie de cuivre, époque Louis XVI.

13 1 table à jeu, forme triangulaire, en bois d'ama-
rante et bois de rose, époque Régence.

14 1 table à jeu très richement ornée de bronze ciselé,
bois acajou moucheté, estampille de Ch. Winckel-
sen, style Louis XVI.

15 1 commode en marqueterie de fleurs, à 3 tiroirs,
dessus de marbre signé Ellianne, maître-ébé-
niste, fin de l'époque Louis XV.

16 1 meuble à hauteur d'appui, en bois de rose, le
haut à petits battants formant secrétaire, le bas à
portes, dessus de marbre, époque Louis XV.

17 1 encoignure, marqueterie de bois de violette,
intérieur marqueté, époque Régence.

18 1 console bois sculpté et doré, très beau marbre,
époque Louis XVI.

19 1 commode Louis XVI.

19 *bis* 1 grand bahut en bois de tuyat avec incrustations ivoire (personnages) agrémenté de sculpture en bois des Iles, meuble très beau et très important.

20 1 coffret en laque du Japon, incrustations nacre.

21 1 bordure des tapisseries des Flandres avec ses quatre coins en très bon état, époque xviiie siècle.

22 1 tapisserie de fauteuil à petits points, bouquets de fleurs sur fond gris, contre-fond jaune, époque Louis XV.

23 1 pendule en marbre, style gréco-romain (pièce très curieuse).

24 1 pendule en bronze Empire « Le char de l'Amour tiré par un chien ».

25 1 gaine-applique avec chapiteau France xvie siècle.

26 1 Christ assis, bois sculpté, polychrome, fin du xvie siècle.

27 1 Christ bois sculpté, xive siècle.

28 1 statue marbre « Femme assise », époque Directoire.

29 1 aiguière et plateau creux.

30 2 statuettes bronze doré sur pieds, marbre vert, commencement du xixe siècle.

31 1 presse-papiers lyre en bronze, finement ciselé, sur socle marbre blanc, style Empire.

32 1 thermomètre Louis XVI, argent sur bois sculpté.

33 1 Christ ivoire du XVIIIe siècle mesurant 0 m. 65 cent. de hauteur, pièce très importante.

34 2 flambeaux bronze doré Louis XV.

35 2 flambeaux bronze doré époque Louis XVI.

36 1 grande boîte finement sculptée, travail italien.

37 1 mortier en bronze patiné, effigie de Louis XIV, XVIIe siècle.

38 1 pistolet garniture argent ciselé, avec inscription : « Le général Brune à son aide de camp », fin du XVIIIe siècle.

39 1 coupe en bronze ciselé, de Barbedienne.

40 1 Christ ivoire XVIIe siècle.

41 2 maquettes en plâtre de Pradier.

41 *bis* 1 Vierge bois sculpté doré, du XVIe siècle.

42 2 petits sujets bronze coupe.

42 *bis* 1 statue bois sculpté du XVIIe siècle : Saint Dominique.

PORCELAINES

43 1 groupe biscuit, femme et amours.

44 1 médaillon biscuit ancien de Sèvres, baronne de Numenheim, d'après Nini, 1768.

45 2 vases porcelaine blanche décorés or et fleurs en couleur, époque Restauration.

46 2 vases porcelaine blanche et or, Empire.

47 2 vases Chine cloisonnés.

48 2 plats ancienne faïence de Rouen.

49 1 groupe Saxe (la Musique) ⎱ Pendants.
50 1 groupe Saxe (la Gloire)   ⎰

51 Assiettes anciennes, dragons porcelaine de Chine, famille rose.

52 Assiettes anciennes fleurs, famille rose.

53 1 plat porcelaine de Chine, famille rose.

54 1 paire de potiches anciennes, porcelaine de Chine, famille verte, très importante.

55 1 service tête-à-tête portant la marque « Manufacture Impériale de Sèvres ».

56 1 paire vases anciens, porcelaine de Chine, famille verte.

Dentelles, Etoffes et Soieries

57
à
90
Dentelles de Malines, de Bruxelles. Points d'Angleterre, de Venise, d'Argentan et de Chantilly. Coupons d'étoffes et soieries anciennes des XIIIᵉ, XIVᵉ et XVᵉ siècles.

91 1 houppelande et gilet soie, d'époque Louis XVI.

92 1 gilet d'époque Louis XVI.

93 1 gilet, à fleurs brodées, d'époque Louis XVI.

Miniatures, Eventails et Boîtes

94 1 miniature femme, d'époque 1830.

95 1 miniature homme, par Delorme.

95 *bis* 1 miniature femme, par Delorme.

96 1 miniature femme, par Mouchet.

97 1 miniature homme, par Bouchardy (1825).

98 1 miniature deux personnages (Empire).

99 1 miniature homme, époque Louis XVI.

100 1 miniature   id.   id.

101 1 miniature homme, Empire.

102 1 miniature   id.

103 1 miniature   id.

104 1 dessus de boîte, genre Téniers, fête villageoise.

105 1 dessus de boîte, genre Téniers, paysage.

105 *bis* 1 boîte laque rouge et écaille, incrustation or, miniature.

106 1 miniature portrait femme, exécutée par la reine Caroline.

107 1 boîte écaille, époque Louis XVI.

108 1 boîte écaille Louis XVI et Marie-Antoinette, incrustations or.

109 1 boîte écaille et miniature, époque Louis XVI.

110 1 éventail, époque fin Louis XV, monture ivoire et or, peinture : Fête villageoise.

111 1 éventail nacre, époque Louis XIII.

111 *bis* 6 sujets ivoire anciens, sujets japonais.

112 1 éventail nacre, époque Louis-Philippe.

113 1 livre ancien, Histoire de Louis le Grand par les médailles, emblèmes et devises recueillis et expliqués par le Père Claude François Ménestrier, de la Compagnie de Jésus, gravés par J.-B. Nolin, graveur du roi, époque 1691.

Tableaux, Aquarelles, Dessins
ET GRAVURES ANCIENNES

114 1 grand tableau « Le triomphe d'Amphitrite », par Charles Le Brun (école française), toile très importante.

115 1 fragment de toile de Raphaël (école romaine).

116 La Bethsabée au bain, par Tiépolo (école vénitienne).

117 Vierge et l'Enfant (école de Raphaël).

118 La déposition de la Croix (école de Giotto).

119 L'Amour, par Ricci (école vénitienne).

120 Allégorie, par Ricci (école vénitienne).

121 1 grisaille, par Mignard, son tombeau. OEuvre qui a été gravée par de Poilly (école française), provenant de la vente Ferral 1901.

122 1 trumeau, école de Boucher (cadre ancien).

123 1 petit portrait homme, attribué à Boilly, école française.

124 1 petit portrait femme, attribué à Boilly, école française.

125 1 portrait par Portail, cadre époque Louis XVI; ce portrait remarquable provient antérieurement de

la vente Ferral où il portait le n° **234** du catalogue (Vente du **22** avril 1901).

126 1 esquisse de Millet (auteur de l'Angélus).

127 1 paysage de Both, école hollandaise, cadre époque Louis XVI.

128 1 tableau par Courtois dit le Bourguignon, école française, cadre ancien.

129 1 petit panneau grisaille par Sauvage, signé.

130 1 dessin par de la Traverse, signée.

131 1 gouache, par Pernet, signée.

132 1 dessin, genre Fragonard, cadre ancien.

133 « Les Savoyards » par Boilly, cadre Louis XVI.

134 Vénus et les Amours, attribué à Diaz.

135 Femme au piano, par Corot.

136 Dessin « Femme étendue » par Natoire, portant le cachet Ancienne collection, vieux Glomy.

137 Dessin par J.-B. Oudry, signé et daté, vente Defer-Dumesnil du 8 novembre 1900.

138 2 dessins, par Nilson, cadres anciens du XVIIIᵉ, provenant de la 1ʳᵉ vente Mulbacher.

139 Petit portrait femme par le baron Gros.

140 Portrait du père du maréchal Soult, par Desfossez (signé).

141 Dessin tête de Diane, par Nattier.

142 Dessin, école italienne, « la Circoncision », par Julio Piphi dit le Romain, école romaine.

143 Tableau genre Van der Neer, cadre Louis XVI, école hollandaise.

144 Dessin tête de jeune homme, xviiie siècle, école française.

145 Primitif école de Sienne xie siècle.

146 Petit panneau, Sainte, attribué à Raphaël, école romaine.

147 Paysage attribué à Claude le Lorrain.

148 Paysage attribué à Claude Le Lorrain.

149 Scène villageoise, par Demay, 1840.

150 Scène villageoise, par Demay, 1848.

151 L'éducation de la Vierge, copie ancienne.

151 *bis* Combat de guerriers Romains, par Salvator Rosa, toile très importante.

152 Pastel, par Delacroix.

153 Scène religieuse, école de Poussin.

154 Scène villageoise, école de Téniers.

155 2 gravures en couleurs, peint par Girodet, gravé par Dussart.

156 1 gravure en couleur, portrait de Louis XVIII.

157 Pastel Louis Bonaparte, par Horace Vernet.

Tableaux et Aquarelles Modernes

158 Un paysage, par Gobert.

158 *bis* Une nature morte.

159 Apothéose, par Emile Lévy (1862), toile très importante.

160 Paysage, par Ciceri, orage, forêt de Fontainebleau.

161 Toile école de Millet, cadre bois sculpté époque Louis XIII.

162 Paysage, par Jullien.

163 Marine, dessin école hollandaise.

164 Paysage, par Delpy.

165 Aquarelle, femme nue, par Guth.

166 2 aquarelles militaires, par Mosescot.

167 1 aquarelle, femme au balcon, par Scopeta.

168 Aquarelle, femme espagnole, par Scopeta.

169 Aquarelle, Incroyable, par Trani.

170 Tête de cheval, par Garchez.

171 Aquarelle, Vieillard, par Castellucci.

172 à 175 Paysages et scènes de genre du peintre Cassel.

176 Compotier, sujet de chasse, pesant 1.907 grammes, ciselure très fine.

177 1 pot à lait, ciselé, pesant 523 grammes.

178 1 cafetière ciselée, pesant 470 grammes.

179 1 théière et sa lampe, ciselé, pesant 920 gr.

180 1 encrier style byzantin pesant 1.030 grammes.

181 1 dessous de plat pesant 667 grammes.

182 1 dessous de plat pesant 645 grammes.

183 1 aiguière russe, émaillée, pesant 145 grammes.

184 2 candélabres en argent ciselé, style Louis XVI, signés Froment Meurice, pesant 13 k. 250 gr., pièce très importante.

SUPPLÉMENT

185 1 SANGUINE par *Boucher* : « L'Amour indiscret », jeune
femme couchée, un Amour la regardant.

186 1 portrait « fleurs de pavot » par *Louise Abbéma*.

187 LE JUGEMENT DE SALOMON, panneau attribué à *Rubens*
(école flamande).

188 1 CRUCIFIX DU XVI° SIÈCLE, cuivre doré et ciselé,
agrémenté d'émaux et cabochons (mesurant 1 mè-
tre).

189 1 LAMPADAIRE EN BRONZE STYLE LOUIS XVI, sujet
« Amour », grandeur nature, tenant une corne
d'abondance de laquelle sort un lampadaire à
10 lumières en bronze doré. Ce sujet est monté
sur un socle en marbre brèche agrémenté de
bronze (Le tout mesurant 4 mètres de haut). Pièce
très importante.

Me **Pierre Nicolle**, _greffier au canton de Sèvres
et _M_. **Billen**, _expert, vous prient d'honorer de votre
présence l'_Exposition particulière de Meubles, Tableaux
et Objets d'art anciens, _Exposition qui aura lieu
le Vendredi 17 Janvier 1908, _de 2 à 6 heures,
102, Boulevard de Versailles, à_ **Saint-Cloud**.